죽기 전에 꼭

필사해봐야 할

한국의 명시

죽기 전에 꼭 필사해봐야 할 한국의 명시

발행일   2017년 3월 15일

지은이   김영랑 · 김소월 · 윤동주 · 정지용 · 권태응 · 이상화 · 한용운 · 이육사
펴낸이   손 형 국
펴낸곳   (주)북랩
편집인   선일영   편집   이종무, 권유선, 송재병, 최예은
디자인   이현수, 이정아, 김민하, 한수희   제작   박기성, 황동현, 구성우
마케팅   김회란, 박진관
출판등록 2004. 12. 1(제2012-000051호)
주소   서울시 금천구 가산디지털 1로 168, 우림라이온스밸리 B동 B113, 114호
홈페이지 www.book.co.kr
전화번호 (02)2026-5777   팩스   (02)2026-5747

ISBN   979-11-5987-487-1 03810 (종이책)   979-11-5987-488-8 05810 (전자책)

이 도서의 국립중앙도서관 출판예정도서목록(CIP)은 서지정보유통지원시스템 홈페이지(http://seoji.
nl.go.kr)와 국가자료공동목록시스템(http://www.nl.go.kr/kolisnet)에서 이용하실 수 있습니다.
(CIP제어번호: CIP2017006427)

(주)북랩 성공출판의 파트너

북랩 홈페이지와 패밀리 사이트에서 다양한 출판 솔루션을 만나 보세요!

홈페이지 book.co.kr   1인출판 플랫폼 해피소드 happisode.com
블로그 blog.naver.com/essaybook   원고모집 book@book.co.kr

죽기 전에 꼭
필사해봐야 할
한국의 명시

김영랑 김소월 윤동주 정지용
권태응 이상화 한용운 이육사

북랩 book Lab

한국인이 사랑하는 시인 8인의 감성을
온전히 느낄 수 있는 시간

죽기 전에 꼭 필사해봐야 할 시인들의 시를 모았습니다.

김소월, 윤동주, 정지용, 김영랑, 이상화, 권태응, 이육사, 한용운!

이름만 들어도 가슴이 벅차오르는 시인들의 감성과 마주하시길 바랍니다.

왼쪽 페이지에 있는 시의 원문을 그대로 가슴에 새겨도 좋고, 오른쪽 페이지에 똑같이 따라 써 보면서 시인의 감성을 더욱 깊이 느껴보는 것도 좋습니다.

참고로 이 시인들의 작품은 저작권이 만료된 공유저작물로 누구나 자유롭게 이용할 수 있습니다. 예쁜 손글씨로 따라 쓴 시를 사진으로 남겨 SNS에도 올리고 자유롭게 활용해 보세요.

구성

- 한국인이 사랑하는 8인의 시를 각각 10편 내외로 총 100편의 시를 담았습니다. 특히 이 책에 소개된 8인은 일제강점기에 우리나라 독립을 위해 살다간 우리가 꼭 기억해야 하는 분들입니다.

- 챕터마다 짤막하게 작가 소개를 넣어, 시를 읽기 전에 시인의 삶에 대해 생각해 볼 수 있습니다. 또한 작가의 시에서 뽑은 한 구절을 통해 작가의 감성을 미리 만나볼 수 있습니다.

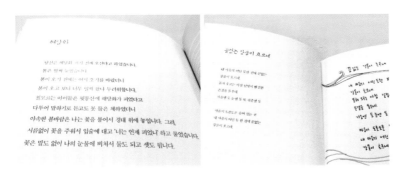

- 왼쪽 페이지에는 시의 원문을 그대로 실었습니다. 시는 작가의 숭고한 뜻을 반영하기 위해 최대한 원문을 살렸지만, 의미전달이 잘 되고 쉽게 따라 쓸 수 있도록 한자를 없앴습니다.

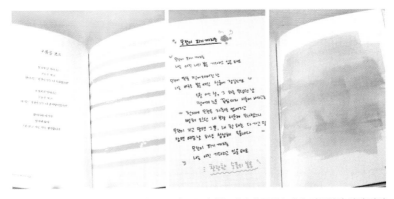

- 오른쪽 페이지에는 시를 따라 써볼 수 있도록 여백을 마련해 두었습니다. 지루하지 않게 다양한 디자인으로 변화를 주었습니다.

/ 차례 /

윤동주

정지용

권태응

이상화

한용운

이육사

돌담에
속삭이는
햇발같이
풀 아래
웃음짓는
샘물같이

김영랑

돌담에 속삭이는 햇발
숲 향기 숨길
끝없는 강물이 흐르네
오월
꿈밭에 봄 마음
물 보면 흐르고
모란이 피기까지는
다정히도 불어오는 바람
외론 할미꽃
황홀한 달빛
내 마음을 아실 이
눈물에 실려 가면

1903년 전라남도 강진에서 태어나 본명은 김영식인데, 아호인 영랑으로 문학 활동을 했다. 그는 일제 말기에 창씨개명과 신사 참배를 끝까지 거부하는 곧은 절개를 보여 주었다. 시에서도 이런 맑고 깨끗한 마음의 상태를 엿볼 수 있다. 또한 자연의 아름다움을 시각적으로 잘 표현하고 운율의 변화를 통해 리듬감을 주며 서정시의 극치를 보여준다.

돌담에 속삭이는 햇발

돌담에 속삭이는 햇발같이
풀 아래 웃음짓는 샘물같이
내 마음 고요히 고운 봄 길 위에
오늘 하루 하늘을 우러르고 싶다

새악시 볼에 떠오는 부끄럼같이
시의 가슴 살포시 젖는 물결같이
보드레한 에머랄드 얇게 흐르는
실비단 하늘을 바라보고 싶다

김영랑

숲 향기 숨길

숲 향기 숨길을 가로막았소
발끝에 구슬이 깨이어지고
달 따라 들길을 걸어다니다
하룻밤 여름을 새워버렸소

017

김영랑

끝없는 강물이 흐르네

내 마음의 어딘 듯한 편에 끝없는
강물이 흐르네.
돋쳐 오르는 아침 날빛이 빤질한
은결을 돋우네.
가슴엔 듯 눈엔 듯 또 핏줄엔 듯

마음이 도른도른 숨어 있는 곳
내 마음의 어딘 듯 한 편에 끝없는
강물이 흐르네.

김영랑

오월

들길은 마을에 들자 붉어지고
마을 골목은 들로 내려서자 푸르러졌다.
바람은 넘실 천 이랑 만 이랑
이랑 이랑 햇빛이 갈라지고
보리도 허리통이 부끄럽게 드러났다.
꾀꼬리는 엽태 혼자 날아 볼 줄 모르나니

암컷이라 쫓길 뿐
수놈이라 쫓을 뿐
황금빛 난 길이 어지럴 뿐
얇은 단장하고 아양 가득 차 있는
산봉우리야 오늘 밤 너 어디로 가 버리련?

김영랑

꿈밭에 봄 마음

구비진 돌담을 돌아서 돌아서
달이 흐른다 놀이 흐른다
하이얀 그림자
은실을 즈르르 몰아서
꿈밭에 봄마음 가고 가고 또 간다

죽기 전에 꼭 필사해봐야 할 한국의 명시

김영랑

물 보면 흐르고

물 보면 흐르고
별 보면 또렷한
마음이 어이면 늙으뇨

흰날에 한숨만
끝없이 떠돌던
시절이 가엾고 멀어라

안스런 눈물에 안껴
흩은 잎 쌓인 곳에 빗방울 드듯
느낌은 후줄근히 흘러들어 가건만

그 밤을 홀히 앉으면
무심코 야윈 볼도 만져 보느니
시들고 못 피인 꽃 어서 떨어지거라

김영랑

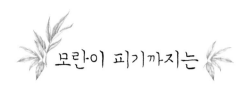

모란이 피기까지는

모란이 피기까지는

나는 아직 나의 봄을 기다리고 있을 테요

모란이 뚝뚝 떨어져버린 날

나는 비로소 봄을 여읜 설움에 잠길 테요

5월 어느 날, 그 하루 무덥던 날

떨어져 누운 꽃잎마저 시들어 버리고는

천지에 모란은 자취도 없어지고

뻗쳐 오르던 내 보람 서운케 무너졌느니

모란이 지고 말면 그뿐, 내 한 해는 다 가고 말아

삼백 예순 날 하냥 섭섭해 우옵네다

모란이 피기까지는

나는 아직 기다리고 있을 테요

찬란한 슬픔의 봄을

김영랑

다정히도 불어오는 바람

다정히도 불어오는 바람이길래
내 숨결 가볍게 실어 보냈지
하늘갓을 스치고 휘도는 바람
어이면 한숨을 몰아다 주오

김영랑

외론 할미꽃

밤이면 고총 아래 고개 숙이고
낮이면 하늘 보고 웃음 좀 웃고
너른들 쓸쓸하여 외론 할미꽃
아무도 몰래 지는 새벽 지친 별

김영랑

황홀한 달빛

황홀한 달빛
바다는 은장
천지는 꿈인 양
이리 고요하다

부르면 내려올 듯
정든 달은
맑고 은은한 노래
울려날 듯

저 은장 위에
떨어진단들
달이야 설마
깨어질라고

떨어져 보라
저 달 어서 떨어져라
그 혼란스럼
아름다운 천둥 지둥

호젓한 삼경
산 위에 홀히
꿈꾸는 바다
깨울 수 없다

김영랑

내 마음을 아실 이

내 마음을 아실 이
내 혼자 마음 날 같이 아실 이
그래도 어데나 계실 것이면

내 마음에 때때로 어리우는 티끌과
속임없는 눈물의 간곡한 방울방울
푸른 밤 고이 맺는 이슬 같은 보람을
보밴 듯 감추었다 내어드리지.

아! 그럽다.
내 혼자 마음 날 같이 아실 이
꿈에나 아득히 보이는가.

향 맑은 옥돌에 불이 달어
사랑은 타기도 하오련만
불빛에 연긴 듯 희미론 마음은
사랑도 모르리 내 혼자 마음은.

눈물에 실려 가면

눈물에 실려 가면 산길로 칠십 리
　　　　돌아보니 찬바람 무덤에 몰리네
　　　　　　　　서울이 천리로다 멀기도 하련만
눈물에 실려 가면 한 걸음 한 걸음
　　　　뱃장 위에 부은 발 쉬일까 보다
　　　　　　　　달빛으로 눈물을 말릴까 보다
고요한 바다 위로 노래가 떠간다
　　　　설움도 부끄러워 노래가 노래가

김영랑

진달래꽃
아름 따다
가실 길에
뿌리우리다

김소월

1902년 평안북도 구성에서 태어났다. 1922년 배재보통고등학교에 진학했고, 그 이후 《개벽》을 통해 활발한 작품 활동을 했다. '금잔디', '접동새' 등 수많은 민요시를 발표한 민요 시인으로 알려져 있다. '바라건대는 우리에게 우리의 보습 대일 땅이 있었더면' 등의 시는 조국을 빼앗긴 민중들의 고통을 담고 있고, '진달래 꽃', '엄마야 누나야' 등의 시는 한국인의 전통적인 한(恨)의 정서를 담고 있다.

먼 후일

먼 훗날 당신이 찾으시면
그때에 내 말이 잊었노라.

당신이 속으로 나무시라면
무척 그리다가 잊었노라.

그래도 당신이 나무시라면
믿기지 않아서 잊었노라.

오늘도 어제도 아니 잊고
먼 훗날 그때에 잊었노라.

김소월

꿈으로 오는 한 사람

나이 차지면서 가지게 되었노라
숨어 있던 한 사람이, 언제나 나의,
다시 깊은 잠속의 꿈으로 와라.
불그레한 얼굴에 가늣한 손가락의,
모르는 듯한 거동도 전날의 모양대로
그는 야젓이 나의 팔 위에 누워라.
그러나, 그래도 그러나!
말할 아무것이 다시 없는가!
그냥 먹먹할 뿐, 그대로
그는 일어라. 닭의 홰치는 소리.
깨어서도 늘, 길거리의 사람을
밝은 대낮에 빗보고는 하노라.

김소월

눈 오는 저녁

바람 자는 이 저녁
흰 눈은 퍼붓는데
무엇하고 계시노.
같은 저녁 금년은…

꿈이라도 꾸면은!
잠들면 만날런가.
잊었던 그 사람은
흰 눈 타고 오시네.

저녁때 흰 눈은 퍼부어라.

김소월

못 잊어

못 잊어 생각이 나겠지요.
그런대로 한세상 지내시구려.
<u>사노라면 잊힐 날 있으리다.</u>

못 잊어 생각이 나겠지요.
그런대로 세월만 가라시구려.
<u>못 잊어도 더러는 잊히오리다.</u>

그러나 또 한긋 이렇지요.
그리워 살뜰히 못 잊는데
<u>어쩌면 생각이 떠지나요?</u>

김소월

금잔디

잔디,
잔디,
금잔디,
심심산천에 붙는 불은
가신 님 무덤가에 금잔디.
봄이 왔네, 봄빛이 왔네.
버드나무 끝에도 실가지에.
봄빛이 왔네, 봄날이 왔네,
심심산천에도 금잔디에.

김소월

드리는 노래

한집안 사람 같은 저기 저 달님

당신은 사랑의 달님이 되고
우리는 사랑의 달무리 되자.
처다보아도 가까운 달님
늘 같이 놀아도 싫잖은 우리.

　　　믿어 의심 없는 보름의 달님

　　　당신은 분명한 약속이 되고
　　　우리는 분명한 지킴이 되자.
　　　밤이 지샌 뒤라도 그믐의 달님
　　　잊은 듯 보였다가도 반기는 우리.

　　　　　　귀엽긴 귀여워도 의젓한 달님

　　　　　　당신은 온 천함의 달님이 되고
　　　　　　우리는 온 천함의 잔별이 되자.
　　　　　　넓은 하늘이라도 좁았던 달님
　　　　　　수줍음 수줍음을 따르는 우리.

김소월

비단 안개

눈들이 비단 안개에 둘리울 때,
그때는 차마 잊지 못할 때러라.
만나서 울던 때도 그런 날이오,
그리워 미친 날도 그런 때러라.

눈들이 비단 안개에 둘리울 때,
그때는 홀목숨은 못살 때러라.
눈 풀리는 가지에 당치맛귀로
젊은 계집 목매고 달릴 때러라.

눈들이 비단 안개에 둘리울 때,
그때는 종달새 솟을 때러라.
들에랴, 바다에랴, 하늘에서랴,
아지 못할 무엇에 취할 때러라.

눈들이 비단 안개에 둘리울 때,
그때는 차마 잊지 못할 때러라.
첫사랑 있던 때도 그런 날이오.
영 이별 있던 날도 그런 때러라.

김소월

마음의 눈물

내 마음에서 눈물 난다.
뒷산에 푸르른 미루나무잎들이 알지,
나 하고 싶은 노릇 나 하게 하여주소.
내 마을에서, 마음에서 눈물 나는 줄을.
나 보고 싶은 사람, 나 한번 보게 하여주소.
건넌 집 갓난이도 날 보고 싶을 테지,
우리 작은 놈 날 보고 싶어 하지,
나도 보고 싶다, 너희들이 어떻게 자랐는지를,
못 잊혀 그리운 너의 품속이여,
못 잊히고, 못 잊혀 그립길래 내가 괴로워하는 조선이여.

마음에서 오늘날 눈물이 난다.
앞뒷산 한길 포플러 잎들이 안다.
마음속에 마음의 비가 오는 줄을
갓난이야 갓놈아 나 바라보라.
아직도 한 길 위에 인기척 있나
무엇이고 어머니 오시나 보라.
부뚜막 쥐도 이제 다 달아났다.

김소월

엄마야 누나야

엄마야 누나야 강변 살자
뜰에는 반짝이는 금모래빛
뒷문 밖에는 갈잎의 노래
엄마야 누나야 강변 살자

057

김소월

눈물이 쉬루르 흘러납니다

눈물이 쉬루르 흘러납니다.
당신이 하도 못 잊게 그리워서
그리 눈물이 쉬루르 흘러납니다.

잊히지도 않는 그 사람은
아주 나 내버린 것이 아닌데도
눈물이 쉬루르 흘러납니다.

가뜩이나 설운 맘이
떠나지 못할 운에 떠난 것도 같아서
생각하면 눈물이 쉬루르 흘러납니다.

김소월

예전엔 미처 몰랐어요

봄 가을 없이 밤마다 돋는 달도
예전엔 미처 몰랐어요.

이렇게 사무치게 그리울 줄도
예전엔 미처 몰랐어요.

달이 암만 밝아도 쳐다볼 줄을
예전엔 미처 몰랐어요.

이제금 저 달이 설움인 줄은
예전엔 미처 몰랐어요.

김소월

진달래꽃

나 보기가 역겨워
가실 때에는
말없이 고이 보내드리우리다.

영변에 약산
진달래꽃
아름 따다 가실 길에 뿌리우리다.

가시는 걸음 걸음
놓인 그 꽃을
사뿐히 즈려밟고 가시옵소서.

나 보기가 역겨워
가실 때에는
죽어도 아니 눈물 흘리우리다.

김소월

천리만리

말리지 못할 만치 몸부림하며
마치 천리만리나 가고도 싶은
맘이라고나 하여 볼까.

한줄기 쏜살같이 뻗은 이 길로
줄곧 치달아 올라가면
불붙는 산의, 불붙는 산의
연기는 한두 줄기 피어올라라.

김소월

강촌

날 저물고 돋는 달에
흰 물은 솰솰…
금모래 반짝…
청노새 몰고 가는 낭군!
여기는 강촌
강촌에 내 몸은 홀로 사네
말하자면, 나도 나도
늦은 봄 오늘이 다 진토록
백년처권을 울고 가네
길세 저문 나는 선비
당신은 강촌에 홀로된 몸

김소월

별을
노래하는
마음으로
모든
죽어가는 것을
사랑해야지

윤동주

1917년 만주 북간도에서 태어났다. 하지만 일제에 의해 꽃다운 스물여덟에 세상을 떠났다. 어둡고 가난한 생활 속에서 인간의 삶과 고뇌를 사색하고, 일제의 강압에 고통받는 조국의 현실을 가슴 아프게 생각한 고민하는 시인이었다. '하늘을 우러러 한 점 부끄럼 없기를' 바라며 부끄러운 삶을 경계했던 그의 사상이 시 속에 잘 반영되어 있다. 특히 '서시'는 우리나라 사람들이 친숙하게 암송할 수 있는 시 중의 하나다.

별 헤는 밤

계절이 지나가는 하늘에는
가을로 가득 차 있습니다.

나는 아무 걱정도 없이
가을 속의 별들을 다 헬 듯합니다.

가슴 속에 하나 둘 새겨지는 별을
이제 다 못 헤는 것은
쉬이 아침이 오는 까닭이요
내일 밤이 남은 까닭이요
아직 나의 청춘이 다 하지 않은 까닭입니다.

별 하나에 추억과
별 하나에 사랑과
별 하나에 쓸쓸함과
별 하나에 동경과
별 하나에 시와
별 하나에 어머니, 어머니,

어머님, 나는 별 하나에 아름다운 말 한마디씩 불러 봅니다. 소학교 때 책상을 같이 했던 아이들의 이름과 패, 경, 옥, 이런 이국 소녀들의 이름과 벌써 아기 어머니된 계집애들의 이름과 가난한 이웃 사람들의 이름과 비둘기, 강아지, 토끼, 노새, 노루, '프랑시스 잠', '라이너 마리아 릴케' 이런 시인의 이름을 불러 봅니다.

이네들은 너무나 멀리 있습니다.
별이 아스라이 멀 듯이.

어머님,
그리고 당신은 멀리 북간도에 계십니다.

나는 무엇인지 그리워
이 많은 별빛이 내린 언덕 위에
내 이름자를 써 보고
흙으로 덮어 버리었습니다.

딴은 밤을 새워 우는 벌레는
부끄러운 이름을 슬퍼하는 까닭입니다.

그러나 겨울이 지나고 나의 별에도 봄이 오면
무덤 위에 파란 잔디가 피어나듯이
내 이름자 묻힌 언덕 우에도
자랑처럼 풀이 무성할 거외다.

윤동주

서시

죽는 날까지 하늘을 우러러
한 점 부끄럼이 없기를,
잎새에 이는 바람에도
나는 괴로워했다.
별을 노래하는 마음으로
모든 죽어가는 것을 사랑해야지.
그리고 나한테 주어진 길을
걸어가야겠다.

오늘 밤에도 별이 바람에 스치운다.

죽기 전에 꼭 필사해봐야 할 한국의 명시

073

윤동주

눈

지난밤에
눈이 소오복이 왔네

지붕이랑
길이랑 밭이랑
추워한다고
덮어주는 이불인가 봐

그러기에
추운 겨울에만 나리지

죽기 전에 꼭 필사해봐야 할 한국의 명시

윤동주

둘 다

바다도 푸르고
하늘도 푸르고

바다도 끝없고
하늘도 끝없고

바다에 돌 던지고
하늘에 침 뱉고

바다는 벙글
하늘은 잠잠

윤동주

반딧불

가자 가자 가자
숲으로 가자
달 조각을 주우러
숲으로 가자.

그믐밤 반딧불은
부서진 달 조각,

가자 가자 가자
숲으로 가자
달 조각을 주우러
숲으로 가자.

윤동주

봄

봄이 혈관 속에 시내처럼 흘러
돌, 돌, 시내 가까운 언덕에
개나리, 진달래, 노오란 배추꽃

삼동을 참아 온 나는
풀 포기처럼 피어난다.

즐거운 종달새야
어느 이랑에서나 즐거웁게 솟쳐라.
푸르른 하늘은
아른아른 높기도 한데…

아아, 젊음은 오래 거기 남아 있거라.

윤동주

애기의 새벽

우리집에는
닭도 없단다.
다만
애기가 젖 달라 울어서
새벽이 된다.

우리집에는
시계도 없단다.
다만
애기가 젖 달라 보채어
새벽이 된다.

윤동주

참새

가을 지난 마당은 하이얀 종이
참새들이 글씨를 공부하지요.

째액째액 입으로 받아 읽으며
두 발로는 글씨를 연습하지요.

하루 종일 글씨를 공부하여도
쨍자 한자 밖에는 더 못쓰는걸.

085

윤동주

새로운 길

내를 건너서 숲으로
고개를 넘어서 마을로

어제도 가고 오늘도 갈
나의 길 새로운 길

민들레가 피고 까치가 날고
아가씨가 지나고 바람이 일고

나의 길은 언제나 새로운 길
오늘도… 내일도…

내를 건너서 숲으로
고개를 넘어서 마을로

윤동주

편지

누나!
이 겨울에도
눈이 가득히 왔습니다.

흰 봉투에
눈을 한 줌 넣고
글씨도 쓰지 말고
우표도 붙이지 말고
말쑥하게 그대로
편지를 부칠까요?

누나 가신 나라엔
눈이 아니 온다기에.

윤동주

빨래

빨랫줄에 두 다리를 드리우고
흰 빨래들이 귓속 이야기하는 오후,

쨍쨍한 칠월 햇발은 고요히도
아담한 빨래에만 달린다.

윤동주

무얼 먹고 사나

바닷가 사람
물고기 잡아 먹고 살고

산골 사람
감자 구워 먹고 살고

별나라 사람
무얼 먹고 사나

죽기 전에 꼭 필사해봐야 할 한국의 명시

윤동주

유리에
차고
슬픈 것이
어른거린다

정지용

1902년 충청북도 옥천에서 출생했다. 일본 도시샤 대학 시절 '카페 프란스', '다알리아' 등의 시를 발표하며 본격적 문단 활동을 시작했다. 향토적 정서를 담은 순수 서정시 '향수'와, 감정을 절제하여 세련된 형식미를 보여준 '유리창' 등의 시로 알려져 있다. 참신한 이미지와 절제된 시어로 한국 현대시의 성숙에 기여했다는 평가를 받는다.

향수

넓은 벌 동쪽 끝으로
옛이야기 지줄대는 실개천이 휘돌아 나가고,
얼룩백이 황소가
해설피 금빛 게으른 울음을 우는 곳,

그곳이 차마 꿈엔들 잊힐리야.

질화로에 재가 식어지면
뷔인 밭에 밤바람 소리 말을 달리고,
엷은 졸음에 겨운 늙으신 아버지가
짚베개를 돋아 고이시는 곳,

그곳이 차마 꿈엔들 잊힐리야.

흙에서 자란 내 마음
파아란 하늘빛이 그리워
함부로 쏜 화살을 찾으려
풀섶 이슬에 함추름 휘적시던 곳,

그곳이 차마 꿈엔들 잊힐리야.

전설 바다에 춤추는 밤물결 같은
검은 귀밑머리 날리는 어린 누이와
아무렇지도 않고 예쁠 것도 없는
사철 발 벗은 안해가
따가운 햇살을 등에 지고 이삭 줍던 곳,

그곳이 차마 꿈엔들 잊힐리야.

하늘에는 석근 별
알 수도 없는 모래성으로 발을 옮기고,
서리 까마귀 우지짖고 지나가는 초라한 지붕,
흐릿한 불빛에 돌아앉아 도란도란 거리는 곳,

그곳이 차마 꿈엔들 잊힐리야.

정지용

달

선뜻! 뜨인 눈에 하나 차는 영창
달이 이제 밀물처럼 밀려오다.

미욱한 잠과 베개를 벗어나
부르는 이 없이 불려 나가다.

한밤에 홀로 보는 나의 마당은
호수같이 둥긋이 차고 넘치누나.

쪼그리고 앉은 한 옆에 흰돌도
이마가 유달리 함초롬 고와라.

연연턴 녹음, 수묵색으로 짙은데
한창때 곤한 잠인 양 숨소리 설키도다.

비둘기는 무엇이 궁거워 구구 우느뇨,
오동나무 꽃이야 못 견디게 향그럽다.

이른 봄 아침

귀에 설은 새소리가 새어 들어와
참한 은시계로 자근자근 얻어맞은 듯,
마음이 이일 저일 보살필 일로 갈라져,
수은방울처럼 동글동글 나동그라져,
춥기는 하고 진정 일어나기 싫어라.

쥐나 한 마리 훔켜잡을 듯이
미닫이를 살포시 열고 보노니
사루마다 바람으론 오호! 치워라.

마른 새삼넝쿨 사이사이로
빠알간 산새 새끼가 물레북 드나들 듯.

새 새끼 와도 언어 수작을 능히 할까
싶어라.
날카롭고도 보드라운 마음씨가
파다거리어.
새 새끼와 내가 하는 에스페란토는
휘파람이라.
새 새끼야, 한종일 날아가지 말고
울어다오,
오늘 아침에는 나이 어린 코끼리처럼
외로워라.

산봉우리 저쪽으로 돌린 푸로우피일
패랭이꽃 빛으로 볼그레하다,
씩 씩 뽑아 올라간, 밋밋하게
깎아 세운 대리석 기둥인 듯,
간뎅이 같은 해가 이글거리는
아침 하늘을 일심으로 떠받치고 섰다,
봄바람이 허리띠처럼 휘이 감돌아 서서
사알랑 사알랑 날러 오노니,
새 새끼도 포르르 포르르 불려 왔구나.

정지용

별

창을 열고 눕다.
창을 열어야 하늘이 들어오기에.

벗었던 안정을 다시 쓰다.
일식이 개고 난 날 밤 별이 더욱 푸르다.

별을 잔치하는 밤
흰옷과 흰 자리로 단속하다.

세상에 안해와 사랑이란
별에서 치면 지저분한 보금자리.

돌아누워 별에서 별까지
해도 없이 항해하다.

별도 포기 포기 솟았기에
그중 하나는 더 획지고

하나는 갓 낳은 양
여릿 여릿 빛나고

하나는 발열하야
붉고 떨고

바람엔 별도 쓸리다
회회 돌아 살아나는 촛불!

찬물에 씻기어
사금을 흘리는 은하!

마스트 알로 섬들이 항시 달려왔었고
별들은 우리 눈썹 기슭에 아스름 항구가
그립다.

대웅성좌가
기웃이 도는데!

청려한 하늘의 비극에
우리는 숨소리까지 삼가다.

이유는 저세상에 있을지도 몰라
우리는 제마다 눈감기 싫은 밤이 있다.

자장노래 없이도
잠이 들다.

정지용

유리창 1

유리에 차고 슬픈 것이 어른거린다.
열없이 붙어서서 입김을 흐리우니
길들은 양 언 날개를 파닥거린다.
지우고 보고 지우고 보아도
새까만 밤이 밀려 나가고 밀려와 부딪치고,
물먹은 별이, 반짝, 보석처럼 박힌다.
밤에 홀로 유리를 닦는 것은
외로운 황홀한 심사이니,
고운 폐혈관이 찢어진 채로

아, 너는 산새처럼 날아갔구나!

정지용

호수 1

얼굴 하나야

      손바닥 둘로

폭 가리지만,

보고 싶은 마음

호수만 하니

      눈 감을밖에.

정지용

고향

고향에 고향에 돌아와도
그리던 고향은 아니러뇨.

산 꿩이 알을 품고
뻐꾸기 제철에 울건만,

마음은 제 고향 지니지 않고
머언 항구로 떠도는 구름.

오늘도 산 끝에 홀로 오르니
흰 점 꽃이 인정스레 웃고,

어린 시절에 불던 풀피리 소리 아니 나고
메마른 입술에 쓰디 쓰다.

고향에 고향에 돌아와도
그리던 하늘만이 높푸르구나.

정지용

별

누워서 보는 별 하나는
진정 멀 ― 고나.

아스름 닫히려는 눈초리와
금실로 이은 듯 가깝기도 하고,

잠 살포시 깨인 한밤엔
창유리에 붙어서 엿보노니.

불현듯, 솟아나듯,
불리울 듯, 맞아들일 듯,

문득, 영혼 안에 외로운 불이
바람처럼 이는 회한에 피어오른다.

흰 자리옷 채로 일어나
가슴 위에 손을 여미다.

정지용

종달새

삼동내 얼었다 나온 나를
종달새 지리 지리 지리리

왜 저리 놀려 대누.

어머니 없이 자란 나를
종달새 지리 지리 지리리

왜 저리 놀려 대누.

해 바른 봄날 한 종일 두고
모래톱에서 나 홀로 놀자.

죽기 전에 꼭 필사해봐야 할 한국의 명시

정지용

바람

바람
바람
바람

너는 내 귀가 좋으냐?
너는 내 코가 좋으냐?
너는 내 손이 좋으냐?

내사 온통 빨개졌네.

내사 아무렇지도 않다.

호호 칩어라 구보로!

정지용

낮에도
밤에도
잠도 안 자고
즐거워
똑닥똑닥
노래합니다

권태응

1918년 충청북도 충주에서 태어났으며, 경성제일고등보통학교를 거쳐 일본 와세다대학으로 유학을 떠났다. 일제강점기 때의 독립운동가이자 시인으로 일제강점기 해방, 분단과 6·25전쟁이라는 역사의 격동기를 살다 33살 어린 나이에 세상을 떠났다. 맑고 소박한 작품을 많이 남겼으며, 그 속에는 우리 겨레와 어린이를 생각하는 지극한 마음이 담겨 있다.

감자꽃

자주 꽃 핀 건 자주 감자,
파 보나 마나 자주 감자.

하얀 꽃 핀 건 하얀 감자,
파 보나 마나 하얀 감자.

죽기 전에 꼭 필사해봐야 할 한국의 명시

권태응

가을 새벽

고요한 새벽하늘
울리는 소리…

어서 밤이 새라고, 닭들 **꼬끼요**.

고요한 새벽하늘
울리는 소리…

먼 길 손님 타라고, 기차 **삐익삑**.

고요한 새벽하늘
울리는 소리…

부지런한 타작꾼 기계 **타알탈**.

121
권태응

구름을 보고

몽실몽실 피어나는
구름을 보고
할머니는 "저것이 모두 다 목화였으면"

포실포실 일어나는
구름을 보고
아기는 "저것이 모두 다 솜사탕이었으면"

할머니와 아기가
양지에 앉아
구름 보고 서로 각각 생각합니다.

권태응

도토리들

오롱종 매달린 도토리들,
　　　　　바람에 우루루 떨어진다.

머리가 깨지면 어쩔라고
　　　　　모자를 벗고서 내려오나.

날마다 우루루 도토리들,
　　　　　눈을 꼭 감고서 떨어진다.

아기네 동무와 놀고 싶어
　　　　　무섭도 안 타고 내려온다.

125

권태웅

어느 날 눈을 감아 보고는

눈을 한참 감아 보고는
가깝한 장님을 생각해 보고.

귀를 한참 막아 보고는
답답한 귀머거릴 생각해 보고.

입을 한참 다물어 보고는
가엾은 벙어릴 생각해 보고.

권태응

겨울나무들

바람에게 옷들을 모두 뺏기고
발가숭이 서 있는 겨울나무들

추울 테면 추워라, 어디 해 보자.
서로 기운 돋구며 버티고 섰다.

까치들이 가여워 인사를 해도
들은 척도 안 하고 겨울나무들

두고 보자 두고 봐, 누가 이기나
봄의 꿈을 꾸면서 굳세게 섰다.

권태응

시계

시계는 밥 먹으면
배만 부르면

낮에도 밤에도 잠도 안 자고
즐거워 똑닥똑닥 노래합니다.

시계는 허기지면
배만 고프면

즐겁게 부르던 똑닥 노래도
뚝 그만 그치고는 잠만 잡니다.

권태응

어린 보리싹

곡식을 다 걷어간 텅 빈 들판에
찬 바람 우수수 쓸쓸도 한데
뾰족뾰족 새파란 어린 보리싹
햇볕 쬐며 소곤소곤 의논이지요

닥쳐오는 겨울을 추운 겨울을
그 어떻게 견딜까 이겨 나갈까?
까마귀도 밭고랑에 모여 앉아서
서로 같이 근심스레 의논이지요

권태응

뻐꾹새

뻐꾹 뻐꾹 뻐꾹새야 구성지구나
개울 건너 숲 속에서 들리는 소리.

이 달밤에 누구 생각 우는 것이냐?
쉴 새 없이 뻐꾹 뻐꾹 처량하고나.

우리 언닌 어디메서 잠을 자는지
어쩌자고 동포끼리 못살게 굴까?

집 떠난 지 달포래도 소식은 없고
뻐꾹 뻐꾹 뻐꾹새야 기막히구나.

권태응

봄날

햇볕이 따끈
얼음장 풀리고

졸졸졸 시냇물
고기들은 헤엄친다

햇볕이 따끈
땅덩이 풀리고

새파란 보리싹
싱싱하게 자란다

햇볕이 따끈
추위 확 풀리고

아이들은 자꾸만
바깥으로 나간다

137

권태응

코록코록 밤새도록

참새는 참새 애기
제일 귀엽고,

참새는 참새 새끼
품에 안고,

코록코록 밤새도록
자고 지고.

암탉은 암탉 애기
제일 귀엽고,

암탉은 병아리들
품에 안고,

코록코록 밤새도록
자고 지고.

엄마는 얼뚱애기*
제일 귀엽고,

엄마는 얼뚱애기
품에 안고,

코록코록 밤새도록
자고 지고.

＊ 얼뚱애기: 얼뚱아기. 둥둥 얼러 주고 싶은 재롱스러운 아기

죽기 전에 꼭 필사해봐야 할 한국의 명시

권태응

꽃시계

시계 시계
꽃시계.

똑딱 소린 못 내도
척척 시간 맞추고.

나팔꽃이 피면은
언니 학교 갈 시간.

해바라기 고개 들면
소죽 퍼서 줄 시간.

분꽃이 웃으면
엄마 저녁 할 시간.

시계 시계
꽃시계.

바늘은 없어도
척척 시간 잘 맞고.

권태응

재밌는 집 이름

읍네서 시집오면 읍네댁
청주서 시집오면 청주댁
서울서 시집오면 서울댁

집집마다 재밌게 붙는 이름.

동네 중 제일로 가까운 건
한동네서 잔치 지낸 한말댁.

동네 중 제일 먼 건 북간도댁
해방 통에 못 살고 되왔지요.

권태응

입술을
다문
하늘아, 들아,
내 맘에는
내 혼자
온 것 같지를
않구나

이상화

1901년 경상북도 대구에서 출생했다. 1919년 3·1운동 때에는 백기만 등과 함께 대구 학생봉기를 주도했다. 또한 《개벽》지 폐간의 계기가 됐을 만큼 치열한 저항정신을 담고 있는 '빼앗긴 들에도 봄은 오는가'를 쓴 저항 시인이다. 그 외에 '나의 침실로', '이별을 하느니' 등 낭만적 도주를 상징하는 시를 썼다. 대구 교남학교에서 은퇴하고 40세부터 『춘향전』을 영어로 번역했으며 43세에 위암으로 사망했다.

단조

비 오는 밤
가라앉은 하늘이
꿈꾸듯 어두워라.

나뭇잎마다에서
젖은 속살거림이
끊이지 않을 때일러라.

마음의 막다른
낡은 띠집에선
넋인지 모르나 까닭도 없어라.

눈물 흘리는 피리 소리만
가없는 마음으로
고요히 밤을 지우다.

이상화

파란 비

파란 비가 '촉 촉' 명주 찢는 소리를 하고
오늘 낮부터 아직도 온다.
비를 부르는 개구리 소리 어쩐지 을씨년스러워
구슬픈 마음이 가슴에 밴다.

나는 마음을 다 쏟던 비누질에서 머리를 한 번 쳐들고는
아득한 생각으로 빗소리를 듣는다.
'촉 촉' 내 울음같이 훌쩍이는 빗소리야
내 눈에도 이슬비가 속눈썹에 드는구나.
날 맞도록 오기도 하는 파란 비라고 서러움이 아니다.
나는 이 봄이 되자 어머니와 오빠 말고
낯선 이가 그리워졌다.
그러기에 나의 설움은 파란 비가 오고부터
남부끄러 말은 못하고 가슴 깊이 뿌리가 박혔다.
매정스런 파란 비는 내가 지금 이와 같이 구슬픈지는
꿈에도 모르고 '촉 촉' 나를 울린다.

이상화

농촌의 집

아버지는 지게 지고 논밭으로 가고요.
어머니는 광지 이고 시냇가로 갔어요.
자장자장 울지 마라 나의 동생아.
네가 울면 나 혼자서 어찌 하라고

해가 져도 어머니는 왜 오시지 않나.
귀한 동생 배고파서 울기만 합니다.
자장자장 울지 마라 나의 동생아.
저기저기 돌아오나 마중 가보자.

죽기 전에 꼭 필사해봐야 할 한국의 명시

이상화

달밤

먼지투성이인 지붕 위로
달이 머리를 쳐들고 서네.

떡잎이 터진 거리의 포플라가 실바람에 불려
사람에게 놀란 도적이 손에 쥔 돈을 놓아버리듯
하늘을 우러러 은 쪽을 던지며 떨고 있다.

풋솜에나 비길 얇은 구름이
달에게로 날아만 들어
바다 위에 섰는 듯 보는 눈이 어지럽다.

사람은 온몸에 달빛을 입은 줄도 모르는가.
둘씩 셋씩 짝을 지어 예사롭게 지껄이다.
아니다, 웃을 때는 그들의 입에 달빛이 있다.
달 이야긴가 보다.

아, 하다못해 오늘 밤만 등불을 꺼 버리자.
촌각시같이 방구석에서, 추녀 밑에서
달을 보고 얼굴을 붉힌 등불을 보려무나.

거리 뒷간 유리창에도
달은 내려와 꿈꾸고 있네.

이상화

가을의 풍경

맥 풀린 햇살에 번쩍이는 나무는 선명하기 동양화일러라.
흙은, 아낙네를 감은 천아융 허리띠 같이도 따수워라.

무거워 가는 나비 나래는 드물고도 쇠하여라.
아, 멀리서 부는 피리 소린가! 하늘 바다에서 헤엄질하다.

병 들어 힘없이도 서 있는 잔디풀 나뭇가지로
미풍의 한숨은, 가는 목을 메고 껄덕이어라.

참새 소리는, 제 소리의 몸짓과 함께, 가볍게 놀고
온실 같은 마루 끝에 누운 검은 괴의 등은, 부드럽게도 기름져라.

청춘을 잃어버린 낙엽은, 미친 듯, 나부끼어라,
서럽게도, 길겁게 조으름 오는 적멸이 더부렁거리다.

<u>사람은, 부질없이, 가슴에다, 까닭도 모르는, 그리움을 안고,</u>
마음과 눈으로, 지나간 푸름의 인상을 허공에다 그리어라.

이상화

바다의 노래

내게로 오너라 사람아 내게로 오너라.
병든 어린애의 헛소리와 같은
묵은 철리와 같은 낡은 성교는 다 잊어버리고
애통을 안은 채 내게로만 오라.

하느님을 비웃을 자유가 여기에 있고
늙어지지 않는 청춘도 여기에 있다.
눈물 젖은 세상을 버리고 웃는 내게로 와서
아 생명이 변동에만 있음을 깨쳐 보아라.

이상화

비 갠 아침

밤이 새도록 퍼붓던 그 비도 그치고
동편 하늘이 이제야 불그레하다.
기다리는 듯 고요한 이 땅 위로
해는 점잖게 돋아 오른다.

눈부시는 이 땅
아름다운 이 땅
내야 세상이 너무도 밝고 깨끗해서
발을 내밀기에 황송만 하다.

해는 모든 것에서 젖을 주었나 보다.
동무여, 보아라,
우리의 앞뒤로 있는 모든 것이
햇살의 가닥 가닥을 잡고 빨지 않느냐.

이런 기쁨이 또 있으랴.
이런 좋은 일이 또 있으랴.
이 땅은 사랑 뭉텅이 같구나.
아, 오늘의 우리 목숨은 복스러워도 보인다.

이상화

어머니의 웃음

날이 맞도록
온 데로 헤매노라.
나른한 몸으로도
시들한 맘으로도
어둔 부엌에,
밥짓는 어머니의
나보고 웃는 빙그레 웃음!
내 어려 젖 먹을 때
무릎 위에다,
나를 고이 안고서
늙음조차 모르던
그 웃음을 아직도
보는가 하니
외로움의 조금이
사라지고, 거기서
가는 기쁨이 비로소 온다.

이상화

달아

달아!
하늘 가득히 서러운 안개 속에
꿈모닥이같이 떠도는 달아
나는 혼자
고요한 오늘 밤을 들창에 기대어
처음으로 안 잊히는 그이만 생각는다.

달아!
너의 얼굴이 그이와 같네
언제 보아도 웃던 그이와 같네
착해도 보이는 달아
만져 보고 저운 달아
잘도 자는 풀과 나무가 예사롭지 않네.

달아!
나도 나도
문틈으로 너를 보고
그이 가깝게 있는 듯이
야릇한 이 마음 안은 이대로
다른 꿈은 꾸지도 말고 단잠에 들고 싶다.

달아!
너는 나를 보네
밤마다 손치는 그이 눈으로
달아 달아
즐거운 이 가슴이 아프기 전에
잠 재워 다오 내가 내가 자야겠네.

이상화

비를 타고

사람만 다라와질 줄로 알았더니
필경에는 믿고 있던 하늘까지 다라와졌다.
                    보리가 팔을 벌리고 달리다가 달리다가
            이제는 곯아진 몸으로 목을 댓 자나 빠주고 섰구나!

반갑지도 않은 바람만 냅다 불어
가엾게도 우리 보리가 달 중이 든 듯이 노랗다.
                    풀을 뽑으니 이랑에 손을 대 보느니 하는 것도
            이제는 헛일을 하는가 싶어 맥이 풀려만 진다.

거름이야 죽을 판 살 판 거루어 두었지만
비가 안 와서 원수 놈의 비가 오지 않아서
보리는 벌써 목이 말라 입에 대지도 않는다.
                        이렇게 한참 동안만 더 간다면
            그만 그만이다. 죽을 수밖에 없는 노릇이구나!

하늘아, 한 해 열두 달 남의 일 해주고 겨우 사는 이 목숨이
곯아 죽으면 네 맘에 시원할 게 뭐란 말이냐.
                    제발 빌자! 밭에서 갈잎 소리가 나기 전에
            무슨 수가 나 주어야 올해는 그대로 살아 나가 보세!

이상화

무제

오늘 이 길을 밟기까지는
아 그때가 가장 괴롭도다.
아직도 남은 애달픔이 있으려니
그를 생각하는 오늘이 쓰리고 아프다.

헛웃음 속에 세상이 잊어지고
끄을리는 데 사람이 산다면
검아, 나의 신령을 돌멩이로 만들어다오.
제 사리의 길은 제 찾으려는 그를 죽여다오.

참 웃음의 나라를 못 밟을 나이라면
차라리 속 모르는 죽음에 빠지련다.
아, 멍들고 이울어진 이 몸은 묻고
쓰린 이 아픔만 품 깊이 안고 죽으련다.

죽기 전에 꼭 필사해봐야 할 한국의 명시

당신은
해당화
피기 전에
오신다고
하였습니다

한용운

1879년 충청남도 홍성에서 태어났다. 속명은 유천이고 호는 만해다. 1896년에 설악산의 오세암에 들어갔고, 1905년에 승려가 됐다. 일제시대 때 시집 『님의 침묵』을 출판하여 저항문학에 앞장섰다. 그의 시는 표면적으로는 사랑을 노래한 연애 시지만, 그 안에 빼앗긴 조국을 되찾고자 하는 광복의 의지를 담고 있다.

해당화

당신은 해당화 피기 전에 오신다고 하였습니다.

봄은 벌써 늦었습니다.

봄이 오기 전에는 어서 오기를 바랐더니

봄이 오고 보니 너무 일찍 왔나 두려워합니다.

철모르는 아이들은 뒷동산에 해당화가 피었다고

다투어 말하기로 듣고도 못 들은 체하였더니

야속한 봄바람은 나는 꽃을 불어서 경대 위에 놓입니다, 그려.

시름없이 꽃을 주워서 입술에 대고 '너는 언제 피었니' 하고 물었습니다.

꽃은 말도 없이 나의 눈물에 비쳐서 둘도 되고 셋도 됩니다.

죽기 전에 꼭 필사해봐야 할 한국의 명시

한용운

비

비는 가장 큰 권위를 가지고 가장 좋은 기회를 줍니다.

비는 해를 가리고 하늘을 가리고 세상 사람의 눈을 가립니다.

그러나 비는 번개와 무지개를 가리지 않습니다.

나는 번개가 되어 무지개를 타고 당신에게 가서 사랑의 팔에 감기고자
합니다.

비 오는 날 가만히 가서 당신의 침묵을 가져온대도 당신의 주인은
알 수가 없습니다.

만일 당신이 비 오는 날에 오신다면 나는 연잎으로 웃옷을 지어서 보내
겠습니다.

당신이 비 오는 날에 연잎 옷을 입고 오시면 이 세상에는
알 사람이 없습니다.

당신이 비 가운데로 가만히 오셔서 나의 눈물을 가져가신대도
영원한 비밀이 될 것입니다.

비는 가장 큰 권위를 가지고 가장 좋은 기회를 줍니다.

죽기 전에 꼭 필사해봐야 할 한국의 명시

한용운

참아 주셔요

나는 당신을 이별하지 아니할 수가 없습니다. 님이여, 나의 이별을 참아 주셔요.
당신은 고개를 넘어갈 때에 나를 돌아보지 마셔요.
나의 몸은 한 작은 모래 속으로 들어가려 합니다.

님이여, 이별을 참을 수가 없거든 나의 죽음을 참아 주셔요.
나의 생명의 배는 부끄럼의 땀의 바다에서 스스로 폭침하려 합니다.
님이여, 님의 입김으로 그것을 불어서 속히 잠기게 하여 주셔요.
그리고 그것을 웃어 주셔요.

님이여, 나의 죽음을 참을 수가 없거든 나를 사랑하지 말아 주셔요.
그리하고 나로 하여금 당신을 사랑할 수가 없도록 하여 주셔요.
나의 몸은 터럭 하나도 빼지 아니한 채로 당신의 품에 사라지겠습니다.

님이여, 당신과 내가 사랑의 속에서 하나가 되는 것을 참아 주셔요.
그리하여 당신은 나를 사랑하지 말고 나로 하여금 당신을 사랑할 수가 없도록
하여 주셔요.
오오 님이여.

한용운

꿈 깨고서

님이면 나를 사랑하련마는
밤마다 문밖에 와서 발자취 소리만 내이고
한 번도 돌아오지 아니하고 도로 가니
그것이 사랑인가요.
그러나 나는 발자취나마 님의 문밖에 가본 적이 없습니다.
<u>아마 사랑은 님에게만 있나 봐요.</u>

아아, 발자국 소리가 아니더면
꿈이나 아니 깨었으련마는
꿈은 님을 찾아가려고 구름을 탔었어요.

죽기 전에 꼭 필사해봐야 할 한국의 명시

한용운

님의 얼굴

님의 얼굴을 '어여쁘다'고 하는 말은 적당한 말이 아닙니다.
어여쁘다는 말은 인간 사람의 얼굴에 대한 말이요,
님은 인간의 것이라고 할 수가 없을 만치 어여쁜 까닭입니다.

자연은 어찌하여 그렇게 어여쁜 님을 인간으로 보냈는지
아무리 생각하여도 알 수가 없습니다.
알겠습니다. 자연의 가운데에는 님의 짝이 될 만한 무엇이 없는
까닭입니다.

님의 입술 같은 연꽃이 어디 있어요.
님의 살빛 같은 백옥이 어디 있어요.
봄 호수에서 님의 눈결 같은 잔물결을 보았습니까.
아침볕에서 님의 미소 같은 방향을 들었습니까.
천국의 음악은 님의 노래의 반향입니다.
아름다운 별들은 님의 눈빛의 화현입니다.

아아, 나의 님은 그림자여요.
님은 님의 그림자밖에는 비길 만한 것이 없습니다.
님의 얼굴을 어여쁘다고 하는 말은 적당한 말이 아닙니다.

한용운

꽃이 먼저 알아

옛집을 떠나서 다른 시골의 봄을 만났습니다.

꿈은 이따금 봄바람을 따라서 아득한 옛터에 이릅니다.

지팡이는 푸르고 푸른 풀빛에 묻혀서, 그림자와 서로 다릅니다.

길가에서 이름도 모르는 꽃을 보고서,

행여 근심을 잊을까 하고 앉아 보았습니다.

꽃송이에는 아침 이슬이 아직 마르지 아니한가 하였더니,

아아, 나의 눈물이 떨어진 줄이야 꽃이 먼저 알았습니다.

죽기 전에 꼭 필사해봐야 할 한국의 명시

한용운

후회

당신이 계실 때에 알뜰한 사랑을 못하였습니다.
사랑보다 믿음이 많고, 즐거움보다 조심이 더하였습니다.
게다가 나의 성격이 냉담하고 더구나 가난에 쫓겨서,
병들어 누운 당신에게 도리어 소활하였습니다.

그러므로 당신이 가신 뒤에, 떠난 근심보다
뉘우치는 눈물이 많았습니다.

183

한용운

쾌락

님이여, 당신은 나를 당신 계신 때처럼 잘 있는 줄로 아십니까.
그러면 당신은 나를 아신다고 할 수가 없습니다.

당신이 나를 두고 멀리 가신 뒤로는 나는 기쁨이라고는 달도 없는 가을
하늘에 외기러기 발자취만큼도 없습니다.

거울을 볼 때에 절로 오던 웃음도 오지 않습니다.
꽃나무를 심고 물 주고 북돋우던 일도 아니합니다.
고요한 달그림자가 소리 없이 걸어와서 엷은 창에 소곤거리는 소리도
듣기 싫습니다.
가물고 더운 여름 하늘에 소낙비가 지나간 뒤에 산모롱이의 작은 숲에서
나는 서늘한 맛도 달지 않습니다.
동무도 없고 노리개도 없습니다.

나는 당신 가신 뒤에 이 세상에서 얻기 어려운 쾌락이 있습니다.
그것은 다른 것이 아니라 이따금 실컷 우는 것입니다.

한용운

어디라도

아침에 일어나서 세수하려고 대야에 물을 떠다 놓으면,
당신은 대야 안의 가는 물결이 되어서
나의 얼굴 그림자를 불쌍한 아기처럼 얼러 줍니다.
근심을 잊을까 하고 꽃동산에 거닐 때에
당신은 꽃 사이를 스쳐오는 봄바람이 되어서, 시름없는
나의 마음에 꽃향기를 묻혀 주고 갑니다.
당신을 기다리다 못하여 잠자리에 누웠더니
당신은 고요한 어둔 빛이 되어서 나의 잔부끄럼을 살뜰히도 덮어 줍니다.

어디라도 눈에 보이는 데마다 당신이 계시기에
눈을 감고 구름 위와 바다 밑을 찾아보았습니다.
당신은 미소가 되어서 나의 마음에 숨었다가, 나의 감은 눈에 입 맞추고
'네가 나를 보느냐'고 조롱합니다.

한용운

하나가 되어 주셔요

님이여,

나의 마음을 가져가려거든 마음을 가진 나에게서 가져가셔요.

그리하여 나로 하여금 님에게서 하나가 되게 하셔요.

그렇지 아니하거든 나에게 고통만 주지 마시고 님의 마음을 다 주셔요.

그리고 마음을 가진 님에게서 나에게 주셔요.

그래서 님으로 하여금 나에게서 하나가 되게 하셔요.

그렇지 아니하거든 나의 마음을 돌려주셔요.

그리고 나에게 고통을 주셔요.

그러면 나는 나의 마름을 가지고 님이 주시는 고통을

사랑하겠습니다.

한용운

첫키스

마셔요, 제발 마셔요.

보면서 못 보는 체 마셔요.

마셔요, 제발 마셔요.

입술을 다물고 눈으로 말하지 마셔요.

마셔요, 제발 마셔요.

뜨거운 사랑에 웃으면서 차디찬 잔부끄럼에 울지 마셔요.

마셔요, 제발 마셔요.

세계의 꽃을 혼자 따면서 항분에 넘쳐서 떨지 마셔요.

마셔요, 제발 마셔요.

미소는 나의 운명의 가슴에서 춤을 춥니다.

새삼스럽게 스스러워 마셔요.

한용운

님의 침묵

님은 갔습니다. 아아, 사랑하는 나의 님은 갔습니다.

푸른 산빛을 깨치고 단풍나무 숲을 향하여 난 작은 길을 걸어서
차마 떨치고 갔습니다.

황금의 꽃같이 굳고 빛나던 옛 맹세는 차디찬 티끌이 되어서
한숨의 미풍에 날아갔습니다.

날카로운 첫 키스의 추억은 나의 운명의 지침을 돌려놓고
뒷걸음쳐서 사라졌습니다.

나는 향기로운 님의 말소리에 귀먹고 꽃다운 님의 얼굴에 눈멀었습니다.

사랑도 사람의 일이라 만날 때에 미리 떠날 것을 염려하고 경계하지 아니한 것은
아니지만 이별은 뜻밖의 일이 되고 놀란 가슴은 새로운 슬픔에 터집니다.

그러나 이별을 쓸데없는 눈물의 원천을 만들고 마는 것은 스스로 사랑을 깨치는
것인 줄 아는 까닭에 걷잡을 수 없는 슬픔의 힘을 옮겨서 새 희망의 정수박이에
들어부었습니다.

우리는 만날 때에 떠날 것을 염려하는 것과 같이 떠날 때에 다시 만날 것을 믿습
니다.

아아, 님은 갔지마는 나는 님을 보내지 아니하였습니다.

제 곡조를 못 이기는 사랑의 노래는 님의 침묵을 휩싸고 돕니다.

죽기 전에 꼭 필사해봐야 할 한국의 명시

한용운

사랑하는 까닭

내가 당신을 사랑하는 것은
까닭이 없는 것은 아닙니다.
다른 사람들은 나의 홍안만을 사랑하지만은
당신은 나의 백발도 사랑하는 까닭입니다.

내가 당신을 사랑하는 것은
까닭이 없는 것은 아닙니다.
다른 사람들은 나의 미소만을 사랑하지만은
당신은 나의 눈물도 사랑하는 까닭입니다.

내가 당신을 사랑하는 것은
까닭이 없는 것은 아닙니다.
다른 사람들은 나의 건강만을 사랑하지만은
당신은 나의 죽음도 사랑하는 까닭입니다.

한용운

달을 보며

달은 밝고 당신이 하도 그리웠습니다.
자던 옷을 고쳐 입고, 뜰에 나와 퍼지르고
앉아서, 달을 한참 보았습니다.

달은 차차차 당신의 얼굴이 되더니 넓은 이마, 둥근 코,
아름다운 수염이 역력히 보입니다.
간 해에는 당신의 얼굴이 달로 보이더니,
오늘 밤에는 달이 당신의 얼굴로 됩니다.

당신의 얼굴이 달이기에 나의 얼굴도 달이 되었습니다.
나의 얼굴은 그믐달이 된 줄을 당신이 아십니까.
아아, 당신의 얼굴이 달이기에 나의 얼굴도 달이 되었습니다.

한용운

사랑의 존재

사랑을 사랑이라고 하면, 벌써 사랑이 아닙니다.
사랑을 이름 지을 만한 말이나 글이 어디 있습니까.
미소에 눌려서 괴로운 듯한 장미빛 입술인들 그것을
스칠 수가 있습니까.
눈물의 뒤에 숨어서 슬픔의 흑암면을 반사하는
가을 물결의 눈인들 그것을 비칠 수가 있습니까.
그림자 없는 구름을 거쳐서, 메아리 없는 절벽을 거쳐서,
마음이 갈 수 없는 바다를 거쳐서 존재 존재입니다.

그 나라는 국경이 없습니다. 수명은 시간이 아닙니다.
사랑의 존재는 님의 눈과 님의 마음도 알지 못합니다.

사랑의 비밀은 다만 님의 수건에 수놓는 바늘과
님의 심으신 꽃나무와 님의 잠과 시인의 상상과
그들만이 압니다.

한용운

흰 돛은
바다를
칼질하고
바다는
하늘을
간질여 본다

이육사

1904년 경상북도 안동에서 태어났다. 본명은 이원록이며 대구형무소에 수용되었을 때 수인번호 '264'를 따서 호를 육사라 했다. 일제강점기에 끝까지 민족의 양심을 지키며 일제에 항거한 시인이다. '청포도', '교목' 등과 같은 작품들을 통해 강렬한 저항 의지를 나타내고 민족정신을 장엄하게 노래했다. 날카로운 통찰력과 남성적인 감성을 느낄 수 있다.

청포도

내 고장 칠월은
청포도가 익어가는 시절

이 마을 전설이 주저리주저리 열리고
먼데 하늘이 꿈꾸며 알알이 들어와 박혀

하늘 밑 푸른 바다가 가슴을 열고
흰 돛단배가 곱게 밀려서 오면

<u>내가 바라는 손님은 고달픈 몸으로
청포를 입고 찾아온다고 했으니</u>

내 그를 맞아 이 포도를 따 먹으면
두 손은 함뿍 적셔도 좋으련

아이야 우리 식탁엔 은쟁반에
하이얀 모시 수건을 마련해 두렴

바다의 마음

물새 발톱은 바다를 할퀴고
바다는 바람에 입김을 분다.
여기 바다의 은총이 잠자고 있다.

흰 돛은 바다를 칼질하고
바다는 하늘을 간질여 본다.
여기 바다의 아량이 간직여 있다.

낡은 그물은 바다를 얽고
바다는 대륙을 푸른 보로 싼다.
여기 바다의 음모가 서리어 있다.

이육사

광야

까마득한 날에
하늘이 처음 열리고
어데 닭 우는 소리 들렸으랴

모든 산맥들이
바다를 연모해 휘달릴 때도
차마 이곳을 범하던 못하였으리라

끊임 없는 광음을
부지런한 계절이 피여선 지고
큰 강물이 비로소 길을 열었다

지금 눈 나리고
매화향기 홀로 아득하니
내 여기 가난한 노래의 씨를 뿌려라

다시 천고의 뒤에
백마타고 오는 초인이 있어
이 광야에서 목놓아 부르게 하리라

이육사

호수

내여달리고 저운 마음이런마는
바람 씻은 듯 다시 명상하는 눈동자

때로 백조를 불러 휘날려보기도 하건만
그만 기슭을 안고 돌아누어 흑흑 느끼는 밤

희미한 별 그림자를 씹어 놓이는 동안
자줏빛 안개 가벼운 명모같이 나려 씨운다

죽기 전에 꼭 필사해봐야 할 한국의 명시

이육사

자야곡

수만호 빛이래야 할 내 고향이언만
노랑나비도 오잖는 무덤 위에 이끼만 푸르러라

슬픔도 자랑도 집어삼키는 검은 꿈
파이프엔 조용히 타오르는 꽃불도 향기론데

연기는 돛대처럼 나려 항구에 들고
옛날의 들창마다 눈동자엔 짜운 소금이 저려

바람 불고 눈보래 치잖으면 못살리라
매운 술을 마셔 돌아가는 그림자 발자취 소리

숨막힐 마음속에 어데 강물이 흐르느뇨
달은 강을 따르고 나는 차디찬 강 맘에 드리느라

수만호 빛이래야 할 내 고향이언만
노랑나비도 오잖는 무덤 위에 이끼만 푸르러라

이육사

교목

푸른 하늘에 닿을 듯이
세월에 불타고 우뚝 남아서서
차라리 봄도 꽃피진 말아라

낡은 거미집 휘두르고
끝없는 꿈길에 혼자 설레이는
마음은 아예 뉘우침 아니라

검은 그림자 쓸쓸하면
마침내 호수 속 깊이 거꾸러져
차마 바람도 흔들진 못해라

죽기 전에 꼭 필사해봐야 할 한국의 명시

이육사

절정

매운 계절의 채찍에 갈겨
마침내 북방으로 휩쓸려오다.

하늘도 그만 지쳐 끝난 고원
서릿발 칼날진 그 우에 서다.

어데다 무릎을 꿇어야 하나?
한발 재겨 디딜 곳조차 없다.

이러매 눈 감아 생각해 볼밖에
겨울은 강철로 된 무지갠가 보다.

꽃

동방은 하늘도 다 끝나고
비 한 방울 나리잖는 그때에도
오히려 꽃은 빨갛게 피지 않는가
내 목숨을 꾸며 쉬임 없는 날이여

북쪽 툰드라에도 찬 새벽은
눈속 깊이 꽃 맹아리가 움작거려
제비떼 까맣게 날라오길 기다리나니
마침내 저바리지 못할 약속이여!

한 바다 복판 용솟음치는 곳
바람결 따라 타오르는 꽃성에는
나비처럼 취하는 회상의 무리들아
오늘 내 여기서 너를 불러 보노라

이육사

말

홋트러진 갈기
후주군한 눈
밤송이 가튼 털
오! 먼길에 지친 말
채죽에 지친 말이여!

수긋한 목통
축 처진 꼬리
서리에 번적이는 네굽
오! 구름을 헷치려는 말
새해에 소리칠 힌말이여!

죽기 전에 꼭 필사해봐야 할 한국의 명시

강 건너간 노래

섣달에도 보름께 달 밝은 밤
앞 내강 쨍쨍 얼어 조이던 밤에
　　　　내가 부르던 노래는 강 건너갔소

강 건너 하늘 끝에 사막도 닿은 곳
　　　　내 노래는 제비같이 날러서 갔소

못 잊을 계집애나 집조차 없다기
가기는 갔지만 어린날개 지치면
　　　　그만 어느 모래불에 떨어져 타 죽겠소.

사막은 끝없이 푸른 하늘이 덮여
　　　　눈물 먹은 별들이 조상오는 밤

밤은 옛일을 무지개보다 곱게 짜내나니
한가락 여기 두고 또 한가락 어데멘가
　　　　내가 부른 노래는 그 밤에 강 건너갔소.

춘추삼제

1

이른 아침 골목길을 미나리 장수가 길게 외고 갑니다.
할머니의 흐린 동자는 창공에 무엇을 달리시는지,
아마도 ×에 간 맏아들의 입맛을 그려나보나 봐요.

2

시냇가 버드나무 이따금 흐느적거립니다,
표모의 방망이 소린 왜 저리 모날까요,
쨍쨍한 이 볕살에 누더기만 빨기는 짜증이 난 게죠.

3

빌딩의 피뢰침에 아즈랑이 걸려서 헐떡거립니다,
돌아온 제비떼 포사선을 그리며 날려재재거리는 건,
깃들인 옛집터를 찾아 못 찾는 괴롬 같구려

이육사

광인의 태양

분명 라이풀 선을 팅겨서 올라
그냥 화화처럼 살아서 곱고

오랜 나달 연초에 끄스른
얼굴을 가리선 슬픈 공작선

거칠은 해협마다 흘긴 눈초리
항상 요충지대를 노려가다

이육사

산

바다가 수건을 날려 부르고
난 단숨에 뛰어 달려서 왔겠죠
천금같이 무거운 엄마의 사랑을
헛된 항도에 엮어 보낸 날

그래도 어진 태양과 밤이면 뭇별들이
발아래 깃들여 오고

그나마 나라나라를 흘러다니는
뱃사람들 부르는 망향가

그야 창자를 끊으면 무얼 하겠오

이육사